# Kinder
# NICHTS FÜR SCHWACHE NERVEN

LAPPAN

**SCHWARZER HUMOR**

*für Eltern und Erzieher*innen*

Möchtest du mit mir in Steuerklasse 4 wechseln?
HOLTSCHULTE

- Sie haben den Wehrdienst verweigert, weil Sie ein Autoritätsproblem haben?

- Sie konnten sich nicht vorstellen, mitten in der Nacht von einem befehlsbefugten Vorgesetzten wachgebrüllt zu werden und schlaftrunken Anordnungen auszuführen?

- Sie haben mit einer Karriere in der Sterneküche geliebäugelt, diesen Werdegang aber verworfen, weil Sie nicht unter Zeitdruck und Geschrei kochen wollten?

- Sie lieben ein geordnetes Leben und können mit spontanen Änderungen Ihres Tagesablaufs nicht umgehen und haben deshalb nie in Erwägung gezogen, einem Beruf nachzugehen, der Sie in diesen Belangen fordert?

Na dann …

**HERZLICH WILLKOMMEN IM LEBEN MIT KIND!**

# FILME, DIE SIE NICHT MIT EINER SCHWANGEREN SCHAUEN SOLLTEN:

BAMBI

ALIEN

ROSEMARIES BABY

DAS OMEN

JUNIOR

KUCK MAL, WER DA SPRICHT!

DER EXORZIST

KEVIN - ALLEIN ZU HAUS

DER KÖNIG DER LÖWEN

ICH WOLLTE AN SICH ERSTMAL NUR MIT DER IDEE SCHWANGER GEHEN...

Mag dein Bruder das neue Bilderbuch?
Ich glaube schon. Er hat es fast ganz aufgegessen...
LAND SCHULZ

# BEDIENUNGS-ANLEITUNG FÜR KINDER

Fangen wir ganz vorne an: Wie man sie macht, das weiß ja jeder. Doch kommt so ein Kind dann auf die Welt, fragen sich viele, wo ist der Knopf, mit dem man dieses Geschrei abstellt?

Das ist ganz einfach, man muss nur herausfinden, warum das Kind gerade schreit. Hat es Hunger? Hat es Verdauungsprobleme? Hat es schlecht geträumt? Ist die Windel voll? Ist es schlecht gelaunt? Zwackt es irgendwo? Zwickt es hier oder da? Ist es müde? Ist es krank? Bekommt es Zähne? Wächst es gerade? Ist es mit der Weltpolitik unzufrieden?

Die meisten dieser Probleme lassen sich ganz einfach durch nächtelanges Herumtragen lösen. Vieles auch mit Windelnwechseln oder Milch.

Diese erste Lebensphase ist also ziemlich simpel

BIST DU AUCH
SO MÜDE?
HOHESCHULTE

und gut zu überstehen, solange man auf Schlaf und selbstbestimmtes Leben keinen Wert legt.

Das Dumme ist, dass ein Baby tatsächlich größer wird und schwer. Sehr schwer. Deshalb lassen sich im Alter von z. B. 15 Jahren viele Probleme nicht mehr durch Herumtragen lösen. Ich kann es Ihnen versichern, denn ich habe es ausprobiert. Auch Windelnwechseln oder Milch sind in diesem Alter nicht mehr angesagt. Es gilt also, sich dem Alter des Kindes entsprechend anzupassen.

Irgendwann ist das Kind also aus der simplen Babyphase herausgewachsen und fängt an, sich auf zwei Beine zu stellen. Das tut es nur, um sich im Supermarkt aus dieser neu gewonnenen Höhe brüllend auf den Boden werfen zu können.

Wie reagiert man nun auf diesen Erpressungsversuch? Die beste Reaktion ist in diesem Fall, sich brüllend daneben zu legen. Das ist dem Kind so peinlich, dass es schnell aufhört und sich bei den umstehenden Supermarktkunden für das Verhalten seines Elternteils entschuldigt.

Sobald Kinder laufen können, laufen sie gerne weg. Man sollte also immer ein Auge darauf haben oder notfalls einen GPS-Tracker an dem Kind anbringen. Ein Kind anzuleinen kommt hingegen bei der Umgebung nicht gut an und man erntet viele missbilligende Blicke. Deshalb ist davon abzuraten.

Auch nehmen Kleinkinder alles Mögliche in den Mund und schlagen sich gerne den Kopf an spitzen Kanten von Wohnzimmermöbeln an. Da wir von diesen heimlichen Hobbys wissen, räumen wir sämtliche gefährlichen Produkte und Gegenstände aus der Wohnung und verstecken sie auf dem Dachboden. Dazu gehören z. B. Medikamente, Putzmittel, Herdplatten, der Couchtisch, Katzen und die Schwiegermutter.

Sollte der Wohnbereich danach etwas karg und leer wirken, bauen wir ein riesiges Bällebad und mehrere Hüpfburgen auf.

Kleinkinder haben meistens gute Laune, es sei denn, sie wollen etwas haben, was die Eltern ihnen nicht geben können oder wollen. Hier heißt

ICH WILL, DASS IHR AUFHÖRT, AN DER SUPERMARKTKASSE JEDES MAL THEATER ZU MACHEN, WEIL IHR IRGENDWAS WOLLT!!!
LANDSCHULZ

es, Ruhe und Nerven zu bewahren und dem Kind Grenzen zu zeigen. Ich bin mit meinen Kindern immer gerne an die deutsch-französische Grenze gefahren, da diese am nächsten lag. Aber Sie können auch jede beliebige andere Grenze wählen. Zur Not tut es auch mal die Grenze eines Bundeslandes oder ein einfacher Bahnübergang. Kinder wissen ja noch nicht, wie Grenzen wirklich aussehen. Deshalb zeigen wir sie ihnen ja. Dass man dabei ein bisschen schummelt, ist hin und wieder erlaubt.

Sie werden bemerken, dass Sie mit Ihrem Kind viel besser klarkommen, nachdem Sie ihm Grenzen gezeigt haben. Dies wurde auch in vielen wissenschaftlichen Studien bestätigt.

Eine weitere Eigenart von Kindern ist es, Laute von sich zu geben. Dabei handelt es sich zu Anfang nur um lallendes Gebrabbel, was aber kein Anzeichen für übermäßigen Alkoholkonsum Ihres Kindes ist. Vielmehr befindet sich Ihr Sprössling in der Übungsphase für den Spracherwerb. Schon bald bilden wir uns ein, einzelne Worte, wie z. B.

Mama, Papa oder Zentralheizung, aus dem Geplapper herauszuhören. In dieser Phase freuen sich Eltern meistens sehr darüber. Schon bald darauf wird Ihnen Ihr Kind aber Löcher in den Bauch fragen, Widerworte geben und Sie mit nervigen Liedern aus dem Kindergarten belästigen.

Deshalb stelle ich hier zur Frage, ob der Spracherwerb tatsächlich eine wünschens- und förderungswürdige Sache ist. Allerdings hat er auch viele Vorteile. Denn hat Ihr Kind Sie vorher immer nur angebrüllt, wenn es ein Problem hatte, so kann es Ihnen nun genauer mitteilen, wo der Schuh drückt. Das kann im Alltag vieles erleichtern und platziert das Kind eindeutiger vor nicht sprachbegabten Haustieren wie Hund oder Katze.

Das Kind lernt aber nicht nur Sprechen, sondern fast gleichzeitig auch Sprache zu verstehen. Viele Kinder sind jedoch sehr gut darin, diese Tatsache geschickt zu verschleiern. Vor allem geben Kinder gerne vor, das Wort „Nein“ nicht zu verstehen. Hier sollten Sie misstrauisch werden. Im Zweifelsfall das Wort mehrmals wiederholen, wobei Ihre Stimme bei jedem Mal lauter und genervter klingen sollte. Zeigt auch das keine Wirkung, sagen Sie Folgendes: „Nein heißt nein! Ich bleibe dabei, keine Diskussion!“ Falls auch diese verbale Geheimwaffe unbeachtet verpufft, gibt es nur noch eine Lösung. Sie sagen den magischen Satz: „Na schön, aber nur dieses eine Mal!“ Und schon ist das Problem gelöst und Sie haben Ihre Ruhe.

Das Kind beschäftigt sich in den nun folgenden Monaten und Jahren vor allem mit Wachsen und Unsinnmachen und wird irgendwann schulpflichtig. Die Schule ist eine Art Kindergefängnis, in dem der Nachwuchs viele Jahre abzusitzen hat. Endlich werden Kinder also kollektiv für all den zuvor gemachten Unsinn bestraft. Auch führt die Schule dazu, dass Eltern ihre Kinder zumindest stundenweise loswerden und anderen Aktivitäten wie Shoppen, Tratschen, Kaffeetrinken oder Bräunen im Solarium nachgehen können. Das nennt man Abnabelungsprozess. Möchten Sie sich schon vor

der Schulzeit von Ihrem Kind abnabeln, können Sie es in den Kindergarten geben. Experten sagen, dass der Kindergarten eine sehr wichtige Etap pe für die Entwicklung von Kindern ist. Nirgends sonst wird Ihr Kind in seinem Leben mehr so viele Schimpfwörter lernen oder sich mit Gleichaltrigen um Spielsachen prügeln können. Eine bessere Vorbereitung auf das Erwachsenenleben gibt es nicht.

Außerdem erlaubt Ihnen der Kindergarten, bereits frühzeitig wieder anderen Aktivitäten nachzugehen, wie zum Beispiel Shoppen, Tratschen, Kaffeetrinken oder Bräunen im Solarium.

Das Problem an der Schule ist, dass sie nicht nur dazu dient, Ihnen Zeit für oben genannte

Aktivitäten freizuschaufeln, sondern Ihr Kind dort auch etwas lernen soll. Es gibt ein Bewertungssystem, das vorgibt, den Lernerfolg Ihres Kindes abzubilden. In Wirklichkeit dient es aber nur dazu, Eltern und Kinder unter Stress zu setzen. In den ersten Jahren schaffen Sie es vielleicht noch, Ihrem Kind die Hausaufgaben zu machen und die Referate zu schreiben. Doch je älter es wird, desto komplizierter wird auch der Unterrichtsstoff und schon bald kommen Sie nicht mehr mit. Viele Eltern nehmen in dieser Phase Nachhilfestunden, um ihre Kinder weiterhin unterstützen zu können.

Sie merken schon, die Probleme, die durch ein Kind entstehen, hören nicht auf. Sie werden nur anders.

Ein ganz besonderes Problem kommt auf Sie zu, wenn Ihr kleiner Liebling in die Pubertät kommt. Diese Phase wird zu Recht als eine sehr schwierige beschrieben. Denn auch das liebste Kind mit dem sonnigsten Gemüt verwandelt sich mit Beginn der Pubertät in ein psychisch labiles Hormonopfer.

ATEMLOS
DURCH DIE NACHT!
KANN MAN DA NOCH
IRGENDWAS MACHEN?
HOLTSCHULTE

Wichtig ist in dieser komplizierten Zeit, Verständnis und Empathie für Ihr Kind aufzubringen. Auch ein abgeschlossenes Psychologiestudium ist zu empfehlen. Nächtelanges Herumtragen ist leider nicht mehr möglich, wie oben bereits beschrieben. Falls Ihr Kind dafür zugänglich ist, können hin und wieder aber Umarmungen Wunder wirken. Sollten sich allerdings Gleichaltrige in der Nähe aufhalten, ist von Umarmungen oder gar Wangenküsschen strikt abzusehen! Ihr Kind findet Sie nun vor allem eines: doof. Das ist ganz normal und sollte Sie nicht weiter beunruhigen. Alles, was es jetzt braucht, sind gleichaltrige Freunde und ein Smartphone. Nehmen Sie sich zurück und lassen Sie Ihrem Nachwuchs genügend Freiraum. Herumschreien bringt sowieso nichts, da das Kind nun dauerhaft einen Kopfhörer mit Noise-Cancelling-Technologie trägt. Die Verständigung funktioniert vorwiegend über Körpersprache, ähnlich wie in der Babyzeit. Falls Sie wirklich einmal etwas Wichtiges mit Ihrem Kind zu besprechen haben, stellen Sie das WLAN ab.

Überhaupt ist der Schalter für das WLAN genau der Schalter, den Sie sich in der Babyzeit so sehr gewünscht haben. Nur funktioniert er umgekehrt. Indem Sie das WLAN ausstellen, stellen Sie das Geschrei an. Ansonsten sind Pubertierende ziemlich ruhig. Meistens lungern sie irgendwo im Haus herum und gucken auf ihr Handy. Fast könnte man sie übersehen. Fast könnte man meinen, sie wären schon ausgezogen. Ein sicheres Zeichen dafür, dass Ihr Kind noch bei Ihnen wohnt, sind die Berge an Schmutzwäsche, die es hinterlässt. Finden Sie irgendwann diese Berge nicht mehr vor, hat ihr Kind wohl Abitur gemacht und ist zum Studieren in eine andere Stadt gezogen. Und dann sitzen Sie da und knabbern sich die Fingernägel runter vor Sehnsucht. Denn so anstrengend und nervig diese ganze Kindersache auch war, so war sie doch auch irgendwie ganz nett. Vielleicht sogar sehr schön. Vielleicht sogar extrem super mega dufte. Denn wir alle haben, und das ist überhaupt das Wichtigste an der ganzen Sache, unsere Kinder vor allem eins: lieb.

Ich konnte heute endlich mal früher Schluss machen, Schatz! Soll ich Lukas von der Kita abholen?
Nein, brauchst du nicht. Der Lukas studiert jetzt in London.
LAND SCHULZ

# BABYSCHREIE
## UND IHRE BEDEUTUNG

Babys schreien nicht nur, wenn sie Hunger haben oder müde sind. Aufgrund ihrer noch mangelnden Sprachkenntnisse ist das Schreien die einzige Form, ihren Empfindungen Ausdruck zu verleihen. Dieses Schreien jedoch immer richtig zu deuten, fällt jungen Eltern oftmals schwer. Diese Liste schafft Abhilfe:

**RABÄÄÄÄH!** Ich habe Hunger.

**RABÄÄÄÄÄÄH!** Gibt es in diesem Laden eigentlich auch noch etwas anderes als Milch?

**RABÄÄHÄÄÄ!** Mithilfe der ersten Ableitungsfunktion f′(x) kann die Steigung des Graphen einer Funktion f(x) für alle Stellen x0 berechnet werden, wenn die Stellen zum Definitionsbereich gehören und die Funktion f(x) an der Stelle x0 differenzierbar ist. Glaub′ ich.

**RRABÄÄÄHÄÄÄ!** Habe ich eigentlich vorhin den Herd wieder ausgemacht?

**RAABÄÄÄÄH!** Rosa ist übrigens nicht meine Farbe. Ganz und gar nicht! War es noch nie!

**RAAAABÄÄH!** Wer von euch hat eigentlich diese beknackte Spieluhr ausgesucht? Den Ohrwurm von Old MacDonalds Scheißfarm werde ich nie wieder los! Überhaupt, dieses ewige C-Dur! Wenn ich groß bin, werde ich wegen dieser Frühprägung den ganzen Tag Schlagerradio hören, Eierlikör trinken, alle Nachbarn wegen irgendwas beim Ordnungsamt anschwärzen und ständig an allem herumnörgeln.

**RRRABÄÄH!** Wer schreit hier eigentlich andauernd so rum?

**RRRRAAAAHBÄ?** Ach, das bin ich selbst? Verrückt!

ICH WILL EINE KATZE.
KIND.
HUND.
OK, KATZE!

# ENTSCHEIDUNGSHILFE
## HUND, KATZE ODER KIND?

| | Hund | Katze | Kind |
|---|---|---|---|
| Man muss regelmäßig raus | ✓ | ✗ | ✓ |
| Es gibt kein anderes Gesprächs-thema mehr | ✓ | ✓ | ✓ |
| Man wird draußen angesprochen | ✓ | ✗ | ✓ |
| Man redet in Babysprache | ✓ | ✓ | ✓ |
| Man muss aufpassen, was man sagt | ✗ | ✗ | ✓ |
| Kostet Steuern | ✓ | ✗ | ✗ |
| Hört aufs Wort | ✓ | ✗ | ✗ |
| Zieht irgend-wann aus | ✗ | ✗ | ✓ |

Hans-Isabelle?
Wir können ja noch nicht wissen, wie es sich identifiziert.
LAND SCHULZ

# NAMENSFINDUNG

Nichts ist schwieriger, als den passenden Namen für Ihr Kind zu finden. Originell sollte er sein, damit in der Kita oder Schule später nicht zwei Drittel der Kinder auf einen Zuruf reagieren.

Zu originell sollte der Name aber auch nicht sein. Viel zu groß ist die Gefahr, dass das Kind später von seinen Altersgenossen zur Zielscheibe von Spott wird. Kinder können sehr grausam sein. Einige Namen haben sich auch historisch und in jüngster Vergangenheit zu No-Gos entwickelt.

Folgende Namen auf Ihrer Liste sollten Sie dringend überdenken:

| | | |
|---|---|---|
| ADOLF | LAYLA | CHANTAL |
| SIRI | CORONA | MANDY |
| KEVIN | ALEXA | LUKE SKY WALKER |
| ATILA | CORTANA | GANDALF |
| JACQUELINE | JUSTIN | |

# STILLMUSIK

## DIE TOP-FIVE DER BEGLEITMUSIK BEIM STILLEN

1. U2
   *I Still Haven't Found What I'm Looking For*
2. Crosby, Stills, Nash & Young
   *Teach Your Children*
3. Al Green
   *I'm Still In Love With You*
4. Sting
   *Still My Beating Heart*
5. Air
   *Wonder Milky Bitch*

### FÜR JAZZFANS:

Eva Kruse Quintett – *Still On The Mo*

---

*Achtung: Die Sportfreunde Stiller eignen sich überhaupt nicht zum Stillen.*

DA SCHLÄFT SIE,
UNSERE NACHTRUHE.
ZZZZZ

HINTER JEDER ERFOLGREICHEN FRAU STEHT EIN MANN, DER SIE UNTERSTÜTZT.

DU BRINGST DIE KURZE MIT ZUM SPIEL?
GING NICHT ANDERS. MEIN MANN WOLLTE FUSSBALL GUCKEN.
HOLTSCHULTE

# BUCHSTABENVERSTECK

DIE ERSTEN WÖRTER, DIE SIE FINDEN, BESTIMMEN IHR ZUKÜNFTIGES LEBEN ALS FRISCHGEBACKENE ELTERN:

HJQWDNAMDPEHFLSMILCHSCHORFÜQXMNCHEWOEWNB
FDSIHQWERTZUIOPASDFGHJKLYXCVBNMDFGHJKQWER
TZUIJHGFDSAMNBVCXYASDFGHJQWERTZUIKJHGFDSXCV
BNMKJHGFWERTZUIKJHGFHJQWDNAMDPEHFLSNSDFUM
SDPÜQXMNCHEWVOLLEWINDELNQWERTZUIOPASDFGHJK
LYXCVBNMDFGHJKQWERTZUIJHGFDSAMNBVCXYASDFGH
JQWERTZUIKJHGFDSXCVBNMKJHGFWERTZUIKJHGFHJQW
DNAMDPEHFLSNSDFUMSDPÜQXMNCHEWOEWNBFDSIF
STRAMPLEROPASDFGHJKLYXCVBNMDFGHJKQWERTZUIJHG
FDSAMNBVCXYASDFGHJQLEERESBANKKONTOCVBNMKJH
GFWEAFUIKJHGHJQWDNAMDPEHFLSNSDFUMSDPÜQXMN
CHEWOEWNBFDSIFHQWERTZUIOPASDFGHJKLYPUBERTÄT
DPQNFFSWVBZUIJHGFDSAMNBVCXYASDFGHJQWBBZUIKJH
GFDSXCVBNMKJHGFWERTZUIKJHGFHJQWDNAMDPEHFLS
NSDFUMSDPÜQXMNCHEWOEWNBFDSIFKOPFGNEISASDFG
HJKLYXCVBNMDKOLIKENGFDSAMNBVCXYASDFGHJQWERT
ZUIKJHGFDSNROPEQBNXCVBNMKJHGFVNNTZUIKJHG
FHJQWDNAMDPEHFLSNSDFUMSDPÜQXMNCHEWOEWNBFD
SIFHQWEVNZUIOPASDFGHJKLYXCVBNMDFGHJKQQEBB
ZUIJHGFDSAMNBVCXYASDFGHJQSCHLAFMANGELIKJHGFD
SXCVBNMKJHGFIKJHGFHJQWDNAMDPEHFLSNSDFUMS
DPÜQXMNCHEWOEWNBFDSIFHQWERNBVCXYASTZUIOPASD
DROGERIEMÄRKTESQWLLNDWEDDZUIJHJJFFAMDFGHJQAE
ETZUIKJHGFDSXCVBNMKJHGFWGRTZUIKJHGFHJQWDNAM
DPEHFLSNSDFUMSDPZAHNENOEWNBFDSIFHQWEQTQUIO
PASDFGHJKLYXCVBNMDFGHJKQGFLZUIJHGFDSAMNBVC
XYWUTANFÄLLEKHZUJIKLHUIJHGFDSXCVBNMKWKJKJH
KEINSEXFQWFGGZUIOPLKJHGFDSXCVBNMHKLHGFERTZ

Wie oft soll ich es dir noch sagen?! "Bitte" ist kein Zauberwort!
LANDSCHULZ

NIMM DU DAS KIND -
GIB MIR DIE EIER!
DU LÄSST JA DOCH
ALLES FALLEN!
Mek
2023

# GESCHENKRATGEBER ZUR GEBURT

Noch während der Schwangerschaft, euphemistisch auch die anderen Umstände genannt, sehen sich die werdenden Eltern mit einer zentralen Frage konfrontiert. Das nähere Umfeld, bestehend aus Verwandtschaft und Freunden, wünscht zu wissen, was man Ihnen als Eltern und dem Kind denn zur Geburt schenken könne. Hinter diesem vermeintlichen Altruismus steckt oft das Bedürfnis, sich von weiteren Verpflichtungen freizukaufen. Aus der Praxis weiß man, dass leider kein Geschenk so wertvoll ist wie Hilfe im Haushalt zu Beginn der Elternzeit oder späteres Babysitting, um den Eltern Zeit für sich zu schenken.

Um so wichtiger ist es, jetzt das Optimum an Geschenken herauszukitzeln.

Doch die Frage nach den wirklich benötigten Dingen hat es in sich. Man ist ohnehin die ganze Zeit damit beschäftigt, Listen zu erstellen mit dem, was man unbedingt braucht, damit das neue Leben angemessen das Licht der Welt erblicken und danach vor sich hinvegetieren kann. Machen wir uns nichts vor, ein Baby kommt zur Welt und kann nix! Ohne die Eltern würde es sich selbst umbringen, verhungern und in Exkrementen schlafen.

Aus dieser Erkenntnis lässt sich auch direkt eine Bedürfnispyramide ableiten. Doch die Spezifikationen derselben sind für jedes Kind höchst individuell und entwickeln sich genauso schnell wie der Stammhalter selbst. Daher lassen sich daraus suboptimal Vorabwünsche ableiten.

Schwierig, oder? Aber es gibt eine Lösung.

Nichts ist weniger sexy als Gutscheine. Denkt man. Allerdings nur, bis das Kind da ist.

Lassen Sie sich haufenweise Geldkarten und Gutscheine für eine dicht vernetzte Drogeriekette Ihrer Wahl schenken. So eine Drogeriefiliale werden manche Herren der Schöpfung vielleicht

Hat er gegessen?
Schwer zu sagen. Weißt du, ob so ein Kleinkind Nahrung über die Haut absorbiert?

sogar zum ersten Mal betreten, sobald das Kind da ist.

Aber eines ist sicher: Sie werden sie betreten.

Mehr noch: Die Drogeriefilialen werden gerade zu Anfang Ihr zweiter Lebensmittelpunkt! Das, was für Sie vorher Baumärkte waren, sind dann die *dms* und *Rossmanns* Ihrer näheren Umgebung. Und genauso wie in einen Baumarkt, fährt man grundsätzlich mindestens zweimal hintereinander in eine Drogeriefiliale, weil man beim ersten Besuch etwas vergessen hat.

Die materiellen Bedürfnisse Ihres Kindes sind gerade zu Beginn des Abenteuers Elternschaft hervorragend durch den Mikrokosmos Drogeriefiliale abgedeckt.

Sollten Sie also nach Wünschen gefragt werden: Ein Wertgutschein mit möglichst vielen Nullen. Sie werden ihn brauchen.

# PERSONALMANGEL: KINDERKLINIKEN GEHEN UNKONVENTIONELLE WEGE.

# DIE LIEBEN

ALS ICH NOCH SO JUNG WAR WIE IHR...
OH NEIN! GLEICH ERZÄHLT OPA WIEDER VOM WALD!
Denis 2019

# GROSSELTERN

# ZEICHNUNGEN VON ZWEIJÄHRIGEN – UND IHRE BEDEUTUNG

Kinder malen gerne. Dadurch erlernen sie Kreativität und können zugleich ihre Gedanken zum Ausdruck bringen. Hin und wieder offenbaren sich in den Bildern aber auch Ängste und Sorgen der Kinder, welche sie sprachlich noch nicht vermitteln können. Leider fehlt es uns Eltern dann oftmals an Fantasie, um die Zeichnungen unserer Kinder korrekt zu deuten.

Hier ein paar hilfreiche Beispiele:

„Trecker"

„Bagger"

„Trecker"

„Bagger"

„Trecker"

„Trecker"

„Bagger"

„Trecker"

„Bagger"

# LIEBE VS. IMMOBILIENMARKT

Der Schwangerschaftstest ist positiv.
Die Stimmung sowieso.
Da geht ganz bestimmt nichts schief.
Das läuft – hundertpro.

Die Wohnung ist leider viel zu klein,
Da müssen wir jetzt raus.
Das wird ja wohl zu schaffen sein,
Vielleicht sogar ein Haus?

„Ihr habt euch das schön ausgedacht:
Groß, hell und nicht so laut.
Darüber hab' ich sehr gelacht",
Sagt Immobilienscout.

Na schön, dann bleiben wir hier noch drin,
Ein Baby ist ja klein.
Das passt bestimmt irgendwo noch hin,
So soll es dann halt sein.

Also zieht nur das Baby um.
Und praktisch ist das auch:
Es fühlt sich in der Mini-Wohnung
Wie in Mutters Bauch.

Wär' das Gedicht nun hier zu Ende,
Es könnt' ein schönes sein,
Doch zu eng werden die vier Wände,
Zu teuer Frankfurt, Main.

Offensichtlich muss hier einer geh'n ...
„Wie wär' es mit dem Kind? –
Das kann auf eigenen Beinen steh'n;
Doch, doch, mein Schatz, das stimmt!"

„Du spinnst ja wohl, unsere Marie
Ist erst fünf Jahre alt",
Argumentiert die Mutter und sie
Greift schließlich zu Gewalt.

Hinaus wirft sie den Ehemann –
Zuvor ihr liebster Schatz.
Er beschwert sich, aber geht und dann
Ist in der Wohnung Platz.

Ohne Vater wächst das Kind nun auf,
Wird groß und stellt ihr Fragen:
„Warum warfst du den Vater hinaus?
Was lag da im Argen?"

„Glaub mir, groß war unsere Liebe,
Doch es hat nicht sollen sein.
Und wenn ich es dir so beschriebe:
Die Wohnung war zu klein!"

# BULLSHIT-BINGO

*Sie sind frischgebackene Eltern? Dann werden Sie immer wieder die gleichen Floskeln zu hören bekommen. Haben Sie innerhalb kurzer Zeit drei Fragen waagerecht, senkrecht oder diagonal umkringeln können, ohne eine ausfallende Antwort zu geben, haben Sie verdammt gute Nerven!*

| | | |
|---|---|---|
| STILLT IHR NOCH? | SCHLÄFT ER/SIE SCHON DURCH? | HAT ER/SIE SCHON DAS ERSTE WORT GESPROCHEN? |
| SIND DAS DIE AUGEN VON DER MAMA? | WANN GEHST DU WIEDER ARBEITEN? | IHR SEHT MÜDE AUS. |
| LÄUFT ER/SIE SCHON? | HABT IHR SCHON EINEN KITAPLATZ? | DAS WIRD BESSER. |

OH GOTT, WIR HABEN EIN MONSTER ERSCHAFFEN!
DA UNTEN IST ETWAS.
WENN DU LANGE IN EINEN ABGRUND BLICKST, BLICKT DER ABGRUND AUCH IN DICH HINEIN.
MUSST DU BEI JEDER WINDEL SO EIN THEATER MACHEN?

# KINDERFRAGEN

Warum fällt der Mond nicht vom Himmel?
Wer hat den da oben festgeklebt?
Sind weiße Pferde echt aus Schimmel?
Hast du schon mein Stofftier genäht?

Heißen alle Trompeter Peter?
Warum kräht nie der Wasserhahn?
Was ist Zenti und was ist Meter?
Wieso ist es im Sommer warm?

Wer bohrt die Löcher in den Käse?
Und warum riecht der denn nach Fuß?
Warum willst du, dass ich lese?
Woraus macht man Apfelmus?

Wie kommt eigentlich das Salz ins Meer?
Und wann krieg ich endlich einen Hund?
Mein Kind, du weißt, ich lieb dich sehr –
Aber halt doch bitte mal den Mund!

Mama, ich weiß, warum der Eiffelturm Eiffelturm heißt!
Ach, warum denn?
Weil der Mann, der den gebaut hat, der hieß Turm!
LAND SCHULZ

ICH WERDE DAS GEFÜHL NICHT LOS, DASS WIR IRGENDWAS VERGESSEN HABEN.
DAS SAGST DU IMMER.

# DIE BELIEBTESTEN SÄTZE VON KINDERN IM AUTO

„Wann sind wir da?"

„Ich muss mal."

„Ich muss aber schon wieder."

„Ich hab' Hunger –
Kann ich'n Eis?"

„Mir ist aus Versehen
das Eis runtergefallen."

„Das war ich nicht,
das war aus Versehen!"

*Der schönste Satz jedoch, welcher unweigerlich eine sofortige Vollbremsung auslöst:*

**„Ich glaub', mir ist schlecht."**

# TIERLIEBE

Alle meine Entchen
füttern wir am See.
Halt' ihn noch am Händchen,
da fällt er rein, oh weh!

Alle meine Ziegen
streicheln wir im Zoo,
eine liebt Intrigen
und tritt ihn in den Po.

Alle meine Katzen
findet er ganz famos,
doch tun sie gern kratzen
und das Geschrei ist groß.

Alle meine Pferde,
die reitet er so gern,
schon liegt er auf der Erde
und wieder macht er Lärm.

Alle meine Hunde,
die er zu sich rief –
zum Glück ist die Bisswunde
gar nicht mal so tief.

„Alle meine Tierchen,
die hast du wirklich gern.
Hund, Katz oder Kaninchen –
halt dich von ihnen fern!“

# ENGAGIERTE

NA KOMM, EINE GESCHICHTE GEHT NOCH ...
ACH PAPA, WENN WIR JETZT WIEDER DAS GANZE BUCH DURCHLESEN, BEKOMME ICH MORGEN WIEDER NIX GEBACKEN.

# ELTERN

UND JETZT GUCK MAL SO, DASS MAN SIEHT, WIE SEHR DU DICH FREUST EIN INSTAGRAM-STAR ZU SEIN!

# POWERSÄTZE FÜR DIE WHATSAPP-GRUPPE

Ob Sie wollen oder nicht, spätestens, wenn Ihr Kind in die Kita kommt, werden Sie Teil von WhatsApp-Gruppen Ihnen völlig fremder Menschen. Sie tauchen ein in einen Mikrokosmos, der Ihnen vorher absolut unbekannt war. Sie bekommen Einblicke in das Familienleben Ihrer Leidensgenossen, ungewollte Erziehungstipps, ein Wetteifern sozialer Distinktion und vor allem Rezepte für den Thermomix. Gelegentlich wird auch Organisatorisches, selten Informatives rund um die Betreuung Ihres Kindes besprochen und Ausflüge geplant.

Es liegt in der Natur dieser Kommunikation, dass es in solchen WhatsApp-Gruppen oft unübersichtlich wird und sich nie stringente, zielführende Diskussionsverläufe entwickeln. Oft reicht ein Wort, eine Nuance einer Zwischenzeile innerhalb mehrerer Sätze, um irgendjemanden zu triggern und völlig vom Thema abzukommen.

Mit einem Kind im Kita-Alter sind Sie häufig noch so eingebunden, dass für Ihre persönlichen Freizeitaktivitäten kaum Zeit bleibt. Machen Sie sich die WhatsApp-Gruppe zu Ihrer Belustigung zunutze! Sie wollen die Welt brennen sehen? Nichts einfacher als das!

Ein gezielter Powersatz hier und da eingestreut, kann Ihnen so manchen Abend versüßen.

Zum Einstieg ein paar Anregungen:

> Habt ihr eine Ahnung, wie viel Red Bull der Kleine vor dem Schlafengehen trinken darf? Hab ein wenig Bedenken, dass er von dem Zucker ein wenig aufdreht …

> Die Kleine hat heute eine falsche Brotdose aus der Kita mitgebracht (hellblau mit Peppa Wutz vorne drauf). Soweit ich das beurteilen kann, ist da Salat drin. Aber schon älter, sehr trocken, leicht klebrig, mit gelblichen Blüten drin und riecht etwas süß. Vermisst die jemand?

War ein schöner Ausflug mit euch!
Schade, dass das Wochenende jetzt so doof endet. Der Kleine schreit in einer Tour, weil ihm alles am Kopf juckt.

Die Kleine hat heute Doktorspielzeug und einen schwarz angelaufenen Löffel auf dem Spielplatz gefunden und mitgebracht. Hat nur kurz damit gespielt. Wäre zu schade, wenn das hier nur rumliegt. Möchte das einer von euch haben?

Habt ihr einen Tipp für mich? Der Kleine schreit schon seit über zwei Stunden wie am Spieß. Soll ich ihn vielleicht aus dem Heizungskeller lassen?

Ich möchte heute zum ersten Mal mit der Kleinen ins Kino.
Hat schon einer von euch den neuen SAW gesehen? Kann der was?

HABEN SIE KINDER?
DANKE! HAB ICH MIR GERADE ERST ABGEWÖHNT!

# DINGE, DIE MAN NIE GESAGT HÄTTE, BEVOR MAN ELTERN WURDE:

- Lass mal den **POPO** riechen.
- Sollen wir zusammen **AA** machen gehen?
- Ich hab' eh keine Zeit für eine neue **SPIELKONSOLE.**
- Super! Ein **dm**-Gutschein!
- Wir mussten nur zwei Stunden im **WARTEZIMMER** sitzen.
- Ich würde gerne mal wieder einen kompletten **FILM** sehen.
- Ich bin zu müde für **SEX.**
- Nein, den **SAND** kann man nicht essen!
- A Ram Sam Sam!
- Nicht den **HUND** am Schwanz ziehen!
- Auch nicht an dem anderen **SCHWANZ!!!**

# GUTE KITAZEITEN, SCHLECHTE KITAZEITEN

Sie haben einen Platz in der Kita für Ihren Sonnenschein ergattert?

**HERZLICHEN GLÜCKWUNSCH!**

Das ist der erste Schritt für Sie, zurück in ein selbstbestimmtes Leben, zumindest für ein paar Stunden am Tag. Doch Vorsicht! Zerstören Sie sich dieses Glück nicht selbst, indem Sie entscheidende

Vorzeichen drohenden Unheils nicht wahrnehmen! Man muss nämlich bei den Öffnungszeiten der Kinderverwahrstelle Ihres Herzens zwischen der sogenannten Brutto- und Nettoöffnungszeit unterscheiden. Die offiziell genannten Öffnungszeiten variieren von Anstalt zu Anstalt, sind aber meist sehr deutlich im Eingangsbereich ausgehängt und im Betreuungsvertrag geregelt. Diese Uhrzeit ist aber brutto zu verstehen. Keinesfalls sollten Sie das ausreizen, da Erzieher*innen mehr oder weniger deutlich empfindlich darauf reagieren.

Die Grundregel lautet: Besser früher als angegeben. Wie viel früher das Netto ist, lässt sich nie so genau sagen und ergibt sich aus einem kompliziert zu deutenden nonverbalen Habitus, der Ihnen entgegengebracht wird und Kommentaren, für die Sie sich die hohe Kunst aneignen sollten, zwischen den Zeilen zu lesen.

Die Kommentare zu Ihrem Zuspätkommen variieren individuell, daher hier nur exemplarisch einige Sätze in Reihenfolge ihrer Eskalationsstufen:

In Ihrem Beisein zum Kind gesprochen: „Guck mal, da ist dein Papa/deine Mama **AUCH** schon!“

Direkt zu Ihnen: „Ach, guck mal, da bist du ja **AUCH** schon!“

In Ihrem Beisein zum Kind gesprochen: „Guck mal, da ist dein Papa/deine Mama **ENDLICH!**“

Direkt zu Ihnen: „Ach, guck mal, da bist du ja **ENDLICH!**“

Direkt zu Ihnen: „Der Kleine/die Kleine kann sich ja schon so toll **ALLEINE** beschäftigen.“

Direkt zu Ihnen: „Der Kleine/die Kleine **MUSSTE** die letzten zehn Minuten **ALLEINE** spielen.“

In Ihrem Beisein zum Kind gesprochen: „Der Papa/die Mama hatte heute bestimmt ganz viele **WICHTIGE DINGE** zu erledigen.“

In Ihrem Beisein zum Kind gesprochen: „Du musst nicht **TRAURIG** sein. Der Papa/die Mama ist nicht **BÖSE** mit dir, nur weil er/sie so spät kommt.“

Direkt zu Ihnen: **„DU BIST HEUTE SEHR SPÄT.“**

Direkt zu Ihnen: **„SIE SIND HEUTE SEHR SPÄT.“**

PAPA SPIELT NICHT MEHR MIT! KANN ICH JETZT FERNSEHGUCKEN?
FYNN-LUC

# BABY HAI

In Ihrem Leben als Eltern kommen Sie irgendwann an einen Punkt, an dem Sie sich einer großen Gewissensfrage stellen müssen. Trotz aller guten Vorsätze zum Thema Kind und Medienkonsum werden Sie mit Ihren Nerven so am Ende sein, dass Sie einknicken. Ja, es geht darum, das Kind vor dem Fernseher zu parken. *Macht man nicht … viel zu früh … was macht das mit dem Kind? …* Das sind alles Gedanken, die einem durch den Kopf schießen. Aber früher oder später wird es passieren.

Sie versuchen einen Gedanken zu fassen, müssen nur eben eine Mail schreiben, in Ruhe mit dem Steuerbeamten telefonieren, und das Kind fordert ununterbrochen Ihre volle Aufmerksamkeit ein – in unüberhörbarer Lautstärke und Vehemenz. Das ist der Moment, in dem Sie die Fernbedienung oder das Tablet zur Hand nehmen und den virtuellen Babysitter starten. – Nur kurz, klar. – Aber hey, das verurteilt niemand. Gut, zugeben würde es auch keiner. Insgeheim aber läuft so eine Mediathek doch recht häufig in deutschen Haushalten, um das Kind ruhigzustellen. Ob Sie sich dann besser konzentrieren können, während das Gegrunze von Peppa Wutz zu hören ist oder die heliumgetränkten Stimmen der Minions eine Ode an Bananen performen, sei dahingestellt. Aber das Kind gibt vorerst Ruhe. Oft mit einem abwesenden Blick, halb offenen Mund, versunken in die bunten Farben im virtuellen LED-Fenster zur Welt.

Doch tun Sie sich selbst einen Gefallen: Vermeiden Sie unter allen Umständen, dass versehentlich ein Baby Hai bzw. Baby Shark Video startet. Video ist in diesem Zusammenhang ein Euphemismus. Gruselige 3D-Animation, einzig und allein dazu kreiert, einen Ohrwurm aus der Hölle zu verbreiten. Würde man das, was man da zu hören bekommt, Musik nennen, könnte man glatt auf die Idee kommen, Dieter Bohlen als Musiker oder gar Komponisten zu bezeichnen.

Nein, mit Musik hat das nichts zu tun.

Ursprünglich wurde Baby Hai Gerüchten zufolge in einem geheimen Labor der USA erschaffen, um Häftlinge in Guantanamo damit zu foltern. Aber das war letztendlich ein Fehlversuch, weil die Aufseher auch reihenweise Ohrenbluten bekamen.

Versehentlich erblickte das Machwerk aber doch das Licht der Öffentlichkeit und belästigt seitdem Kinder und Eltern mit der Familiengeschichte von Haien. Es startet mit dem Baby Hai, untermalt mit satanischen Botschaften in Form von düp-dü-dü-düps. Dann Auftritt Mama Hai, gefolgt von Papa Hai, bis die ganze Sippschaft durch Oma und Opa Hai komplettiert wird. Nachdem alle zusammen ihren großen Auftritt haben, geht es wieder von vorne los, bis das Kind schlussendlich mit der Aufforderung ein Hai zu sein indoktriniert wird.

Sollten Sie masochistisch veranlagt sein, sind Sie nun sicher versucht, sich das anzuhören. – Lassen Sie's! – Sollten Sie dank dieser Warnung einen Bogen um das beschriebene Machwerk machen, hat sich dieses Buch auf jeden Fall für Sie rentiert.

Na schön, es ist recht warm! Aber kannst du bitte trotzdem normal spielen? Die Leute gucken schon!
Wasser! Wasser! Hilfe! Durst! Arrgh!
LAND SCHULZ

LASSEN SIE MICH DURCH
ICH BIN MUTTER!
LAND
SCHULZ

# DIE SCHÖNSTEN SPRÜCHE UNSERER ELTERN

## ZUM WEITERREICHEN AN DIE NÄCHSTE GENERATION

… **DER STUHL IST GANZ BEZAHLT,** da kann man auch ganz drauf sitzen!

… **WILLST DU LIEBER HIER SITZEN?** Dann bist du näher bei deinen Füßen.

… **NICHT KRATZEN** – Stelle merken und waschen!

… **ZIEH DICH WARM AN,** die Kälte greift den Darm an!

… **DIE JACKE NIMMST DU ABER NICHT MEHR FÜR GUT!**

… **WENN DU BLÖDSINN MACHST UND DIR WEHTUST,** kriegst du noch Schläge dabei. Und wenn du fragst warum, gleich nochmal!

… **DU STEHST DA WIE PIKSIEBEN AUF BAHNSTEIG 8!**

… **FÜSSE RUNTER!** (am Tisch)

… **FÜSSE HOCH!** (beim Gehen)

… **DIR KÖNNENSE JA BEIM GEHEN DIE SCHUHE BESOHLEN.**

… **LOS JETZT!** Ich zähle nur noch bis 358!

… **TÜR ZU!** Wir heizen nicht für draußen.

… **WER SCHREIT,** der lügt!

… **SCHLAG NIEMALS DEINE MUTTER MIT DEM HAMMER,** das hinterlässt sonst Beulen im Gemüt. (aus „Butch Cassidy and the Sundance Kid")

… **BENIMM DICH,** sonst gehst du barfuß ins Bett!

… **MORGEN FRÜH IST DIE NACHT ZU ENDE.**

… **WASCHENZÄHNEPUTZENABINSBETT!**

UND JETZT PROBIER DOCH AUCH MAL EINEN LÖFFEL VOM „ICH KANN GENAUSO GUT KOCHEN WIE DEINE MAMA"!

*WO HABEN WIR DAS NUR ALLES HINGEGESSEN?*

# EIN KINDERGEBURTSTAG IN DEN 80ERN UND HEUTE

Pragmatisch veranlagte Eltern, die über einen VW-Bus, das nötige Kleingeld und kreative Faulheit verfügten, wussten schon in den 80ern eine Geburtstagsfeier geschickt zu steuern, indem sie das Rudel Kinder bereits bei dessen Ankunft mit Lunchpaketen versorgten, ins Auto setzten und an der Schlittschuhbahn, im Kino oder an irgendeinem Abenteuerspielplatz wieder absetzten. Nach drei Stunden sammelten sie die ausgetobten Partygäste wieder ein, zählten kurz durch, ob es noch genauso viele waren wie zuvor und schickten sie wieder nach Hause.

Da wir weder Bus noch Geld hatten und meine Mutter alles andere als faul war, verliefen *meine* Geburtstagsfeiern nach dem üblichen Schema: Eintreffen der Gäste – Kuchenessen – Spielnachmittag – Abendessen – Auf Wiedersehen. Was harmlos klingt, war in Wahrheit eine einzige und für heutige Verhältnisse unfassbare Fressorgie! Für eine Gruppe von sechs bis sieben Kindern wurden mindestens drei Kuchen aufgebahrt, eher vier bis fünf, schließlich musste von jeder Sorte einer da sein. „Esst, Kinder, es ist genug da!“, hieß die Devise. Da war zunächst die Geburtstagstorte mit Krokant, Smarties, brennenden Kerzen und dem Alter des Geburtstagskindes verziert. Buttercreme, drei Schichten Teig, dazwischen Erdbeeren, eine Creme aus Sahne und zwei Pfund gute Butter – heutzutage unbezahlbar. Dazu ein Käsekuchen, ein bis zwei Obstkuchen, ein Zitronen- oder Marmorkuchen und last but not least: die Kalte Hundeschnauze. Die war der Hit in den 80ern. In eine Kastenform wurde eine Lasagne aus Butterkeksen und in Kakao geschwenktem Palmfett geschichtet und bis zum Verzehr im Kühlschrank in Form gehalten. Um die Kuchen herum dekorierten zahlreiche Nappos, Smarties und weiße

IHRE KINDER SPIELEN SCHON WIEDER IM FLUR!

Mäuse die Geburtstagstafel, welche noch vor dem Kerzenausblasen von den Gästen verzehrt wurden. Dann galt es, möglichst von jedem der Kuchen je ein Stück zu essen, damit man auch ja nichts verpasste. Die Kalte Hundeschnauze aß man erst zum Schluss – aus strategischen Gründen, denn davon wurde einem unter Garantie so schlecht, dass man nichts anderes mehr probieren konnte. Zur Kuchentafel wurden die üblichen Getränke gereicht: Cola, Fanta, oder beides gemischt.

Für den ersten Teil des Spielnachmittages konnte man gleich am Tisch sitzen bleiben, denn das erste Spiel hieß „Stoppessen". Man futterte so lange, bis einer am Tisch „Stopp!" rief, dann war man gezwungen, in einer Pose zu verharren. Jetzt hatte der Magen ein paar Sekunden Verdauungspause, während die in der Luft schwebende Gabel Torte vor dem offenen Mund den Speichelfluss anregte.

Nach ein paar Runden wechselte man darum ins nächste Level „Hexenstopp": Statt zu verharren, musste man jetzt die just letzte Handlung fortwährend wiederholen, also etwa das Glas auf ex austrinken oder unentwegt weiter Torte in sich hineinschaufeln, ohne zu kauen, bis man wieder von dem Fluch befreit wurde.

Für das nächste Spiel wurde eine Tafel Schokolade in mehrere Lagen Zeitungspapier gewickelt und als Päckchen fest verschnürt. Reihum wurde gewürfelt. Wer eine Sechs würfelte, durfte sich Schal, Mütze und Fäustlinge anziehen, dann versuchen, mit Messer und Gabel in den Handschuhen das Schokoladenpaket zu öffnen und schließlich davon zu essen. Dazu hatte man aber nur so viel Zeit, bis die nächste Sechs gewürfelt wurde. Wer es schaffte, das letzte Stück Schokolade in den Mund zu manövrieren, war Sieger der Runde. Das Wort „Zuckerrausch" war damals noch nicht erfunden.

Anschließend ging es zum Kalorien verbrennen nach draußen. Sackhüpfen, Eierlaufen, der Plumpsack geht um, Schnitzeljagd, Verstecken, Blinde Kuh, Wer hat Angst vorm schwarzen Mann, Kriegen spielen – Jungs gegen die Mädchen, Mädchen gegen

WENN TÄTOWIERER UMSCHULEN

die Jungs. Auch hier gab es zwischendurch ständig Süßigkeiten, die an Ort und Stelle verzehrt werden mussten.

Wir hatten eine rote Plastikrührschüssel in der Küche, die so ziemlich für alles verwendet wurde: Sahne wurde darin geschlagen, Milchshakes und Salate serviert, und wenn ich die Magen-Darm-Grippe hatte, stand die Schüssel für Notfälle neben dem Bett. Für das obligatorischste aller Geburtstagsspiele war sie das wichtigste Utensil: das Topfschlagen. Es wurden – Überraschung – Süßigkeiten darunter versteckt, die die Geburtstagsgäste mit verbundenen Augen und einem Kochlöffel in der Hand zu suchen hatten. Ein Kind nach dem anderen krabbelte los und ballerte mit dem Löffel auf alles ein, was seinen Weg kreuzte, Tische, Stühle, Vasen, den Hund, die Füße der anderen Kinder. Das Spektakel wurde begleitet von zugerufenen Orientierungshilfen („Kalt! Ganz kalt! Wärmer! Wärmer! Heißheißheiß! Uaaaah! Kalt!"), bis die Schüssel gefunden und die Schokolade darunter assimiliert werden konnte.

Nach zwei Stunden waren alle Spiele durchgespielt, und die aufgedrehte Kinderherde wurde zum Abendessen zurück an den Tisch getrieben. Es gab Würstchen und Kartoffelsalat. Immer. Unnötig zu erwähnen, dass der Kartoffelsalat überwiegend aus Mayonnaise bestand. Natürlich war auch hier die coolste Socke, wer die meisten Würstchen verdrücken konnte. Mit ordentlich Fanta runterspülen, versteht sich.

Vollgestopft, wie sie waren, wurden die Kinder nach der Feier wieder nach Hause befördert. Auf den Rücksitz eines Renault R4 passten bequem vier Kinder, ein fünftes wurde quer darübergelegt. In ein vergleichbar großes Auto würde heute nicht einmal ein leerer Kindersitz passen. Dieser Heimlieferservice war nicht obligatorisch, schließlich hatte damals längst nicht jeder ein Auto, auch wir nicht. Nötig war die Fahrerei auch nicht, wohnten doch alle Kinder im selben Dorf und konnten auf den kaum befahrenen Straßen sorgenfrei zu Fuß nach Hause laufen, geradeso, wie sie auch

gekommen waren. Doch war sie Garant dafür, dass die Kinder nach der Feier das Haus ohne lange Quengelei wieder verließen. Wer kein Auto besaß, drückte stattdessen jedem Kind zur Abschiedsabfertigung eine pralle Tüte mit Süßigkeiten in die Hand. Während die Kinder gierig die Tüten inspizierten, wurden sie flink in ihre Schuhe und

ISS DEINEN VERFICKTEN SPINAT, DU ELENDES SCHEISSKIND. ODER MUSS ICH ERST SCHIMPFEN?

Jacken gestopft und ohne Federlesens durch die Haustür ins Freie geschoben.

Mit eigenen Kindern war es mein natürliches Bedürfnis als guter, umsorgender Vater, alle meine Lebenserfahrungen an sie weiterzureichen. Ich wünschte mir für meine Töchter Geburtstagsfeiern, die ebenso schillernd und aufregend sein sollten, wie es meine eigenen gewesen waren. Ich organisierte die Party so, wie ich es aus meiner Kindheit kannte. Und scheiterte gnadenlos.

Die Gäste kamen alle pünktlich, hängten ihre Jacken ordentlich an die Haken, stellten ihre Schuhe in einer formschönen Reihe auf und überreichten dem Geburtstagskind ihre Geschenke. Diese wurden nicht etwa sofort neugierig aufgerissen, sondern fein säuberlich auf der Anrichte drapiert, wo sie geduldig bis zum Ende des Tages auf ihr Auspacken warteten.

Viel zu viel Kuchen. Der falsche Kuchen. Das eine Kind vertrug kein Gluten, das nächste keine Laktose, das übernächste keine Nüsse. Fanta nur in

Maßen. Cola mochten sie nicht! In meiner Kindheit hätte sich die Frage niemals gestellt, ob man Cola mag oder nicht. Man trank sie, weil man es ausnahmsweise durfte! Nach dem ersten Stück Kuchen waren alle satt und rutschten ungeduldig auf ihren Stühlen herum, wollten nach fünf Minuten schon aufstehen. Aufstehen, um sich an einer anderen Stelle des Raumes wieder niederzulassen und für die nächsten drei Stunden auf ihre Smartphones zu starren. Um mir den Gefallen zu tun, ließen sich die Geburtstagsgäste höflich auf meine mühsam vorbereitete Schnitzeljagd ein und schlurften halb gelangweilt durch die Natur – ohne den Blick vom Smartphone abzuwenden, versteht sich.

Würstchen aß nur die Hälfte der Kinder, die anderen Kinder waren entweder Vegetarier oder hatten eine Wurstallergie. Der Kartoffelsalat wurde erst gar nicht angerührt. So freiwillig wie sie kamen, gingen die Kinder wieder. Ich blieb zurück in einem Berg Süßigkeiten. Die Kinder vergaßen, sie zu essen.

Drei Tage darauf hatte ich Zahnschmerzen.

# DAS QUIZ!

*Kinderlieder und Partyschlager sind musikalisch und textlich kaum auseinanderzuhalten.*

## A: KINDERLIED ☐ ODER
## B: BALLERMANNHIT ☐

**WAS IST WAS? UND WIE HEISST DAS LIED/DER INTERPRET?**

*Die Auflösung befindet sich auf Seite 104.*

**1.** … FINDEN SIE EIN KÖRNCHEN, SIND SIE ALLE FROH. A ☐ B ☐

.......................................................................

**2.** DAS REH HUSTET LAUT, WAS KOMMT DA DENN RAUS? A ☐ B ☐

.......................................................................

**3.** NEHMEN WIR ZU HERZEN: WIR AUCH WOLLEN LUSTIG SEIN … A ☐ B ☐

.......................................................................

**4.** ANNA, ANNA, METERGROSSE OHREN MIT VANILLESOSSE A ☐ B ☐

.......................................................................

**5.** GEIGE TÖNT UND FLÖTE BEI DER ABENDRÖTE A ☐ B ☐

.......................................................................

**6.** NIE IM LEBEN, KLEINER PETER A ☐ B ☐

.....................................................................

**7.** ROCK IST WEG, STOCK IST WEG A ☐ B ☐

.....................................................................

**8.** ALLES KLÄRCHEN AM BÄRCHEN? A ☐ B ☐

.....................................................................

**9.** DAS MÄNNLEIN STEHT IM WALDE AUF EINEM BEIN
A ☐ B ☐

.....................................................................

**10.** SIM SA LA DIM BAM BA SA LA DU SA LA DIM
A ☐ B ☐

.....................................................................

**11.** DING DONG DING DONG SCHALA LA LA
A ☐ B ☐

.....................................................................

**12.** A RAFIQ, A RAFIQ, GULI, GULI, GULI, GULI, GULI RAM SAM SAM. A ☐ B ☐

.....................................................................

**13.** MACH DEN HUB HUB HUB, MACH DEN SCHRAUBER, SCHRAUBER, SCHRAUBER A ☐ B ☐

.....................................................................

**14.** HERR MEISTER UND FRAU MEISTERIN, LASST MICH IN FRIEDEN WEITERZIEH'N
A ☐ B ☐

.....................................................................

**15.** EINS, ZWEI, DREI, GEH'N VORBEI A ☐ B ☐

.....................................................................

16\. EINS, ZWEI, DREI, VIER, ALLE SPRINGEN

A ☐ B ☐

................................................................................

17\. DARUM LIEB' ICH ALLES, WAS SO BLAU IST

A ☐ B ☐

................................................................................

18\. ICH HAB 'NE ZWIEBEL AUF'M KOPF, ICH BIN EIN DÖNER A ☐ B ☐

................................................................................

19\. MEIN LICHT IST AUS, ICH GEH' NACH HAUS. RABIMMEL, RABAMMEL, RABUMM. A ☐ B ☐

................................................................................

20\. DIE FLIEGE WAR NICHT DUMM, SIE MACHTE SUM SUM SUM A ☐ B ☐

................................................................................

21\. SUMM, SUMM, SUMM! A ☐ B ☐

................................................................................

22\. UND SIE KOMMT AUF ZWEI KAMELEN, WENN SIE KOMMT (HOPPELDIPOPP) A ☐ B ☐

................................................................................

23\. IN DER BIM ÜBER'N RING, STEH' ICH AUF UND ICH SING'

A ☐ B ☐

................................................................................

24\. ... SITZEN UNTER'M HOLDERBUSCH UND MACHEN ALLE HUSCH, HUSCH, HUSCH. A ☐ B ☐

................................................................................

# DER NEUE

...UND DANN HAT MEIN HUND ALLE DATEN GEFRESSEN!
1×9=9
2×9=18
3×9=27
4×9=36
5×9=45
6×9=54
7×9=63
8×9=72
9×9=81
10×9=90
www.professional-system.de

WIEDER MAL VIER MINUTEN ZU SPÄT, HERR KAMPMANN! IN DER FREIEN WIRTSCHAFT WÄREN SIE IHREN JOB JETZT LOS!
5 × 8 =
6 × 8 = 48
7 × 8 = 56
8 × 8 = 64
9 × 8 = 72
10 × 8 = 80

# LEBENSWEISHEITEN & ZITATE

*Es existieren unzählige davon, die meistens auch ihre Daseinsberechtigung haben. Doch sobald man ein Kind hat, merkt man, dass sie nicht mehr so ganz auf das eigene Leben zutreffen.* **ZEIT FÜR EINE ANPASSUNG.**

Kindermund tut Kotze kund.

Wir werden vom Schicksal hart oder weich geklopft. Es kommt auf den Dickkopf deines Kindes an.

Eltern denken und die Kinder lenken.

Immer, wenn der Mensch anfängt, Pläne zu schmieden, fällt im Hintergrund das Kind vom Stuhl.

Verbringe jeden Tag ~~einige Zeit mit dir selbst~~.

Nur die Sache ist verloren, die man aufgibt. Und alles, was man nicht vor seinen Kindern wegschließt.

Wir denken selten an das, was wir haben, aber immer an Schlaf.

Da, wo der Wille groß ist, können ihn die Wutanfälle deines Kindes brechen.

Bei der falschen Person kannst du nichts richtig machen. Bei der richtigen Person kannst du nichts falsch machen. Und beim Kind machst du meist alles falsch.

Wohin du auch gehst, geh mit einem gefüllten Wickelrucksack.

Niemand weiß, was er kann, bis er die ersten Windeln gewechselt hat.

EINE BRIEFKASTENFIRMA? GOTT SEI DANK! WIR HATTEN SCHON ANGST, DU MACHST ETWAS ILLEGALES!
PIZZA
BRAVO
Demir 2016

# TEENAGER!

Das Haus riecht stark nach Pheromon.
Ein Zombie starrt aufs Telefon.

Der Kühlschrank ist stets leer gefressen.
Geschrirr wird auf dem Tisch vergessen.

Das Bad ist stundenlang blockiert,
Da wird sich mehrfach umfrisiert.

Es hilft kein Nörgeln und kein Klagen –
***Du*** hast eh nichts mehr zu sagen!

All diese Zeichen täuschen nicht:
Deine Kinder sind jetzt jugendlich!

WENN ICH GROSS BIN, WILL ICH SO WERDEN WIE IHR UND AUF DIE ZUKUNFT MEINER KINDER SCHEISSEN!
Denis 2019

NA, HOLEN SIE AUCH IHRE TOCHTER VON DER KLIMA-DEMO AB? IST DOCH TOLL, WIE SICH DIE KINDER HEUTE ENGAGIEREN!

# HELIKOPTER

Das Kind muss in die Schule –
da fahre ich's schnell hin.
Das Kind hat komplizierte Schuhe
mit Schnürsenkeln drin.

„Ich bind sie dir wie immer
und dann nimm meine Hand!
Der Weg zum Klassenzimmer
ist dir ja gänzlich unbekannt.

Ich muss auch ein ernstes Wort
mit deiner Lehrerin reden:
Was fällt der ein, dir in Sport
eine glatte 5 zu geben!?"

„Frau D., unser lieber Gunther
könnte verletzen sich am Knie!
Außerdem leidet er unter
einer Schwebebalkenallergie!"

„Bis später dann, mein Lieber.
Mama holt dich nachher ab.
Hier ist dein Kuscheltiger,
hoffentlich geht alles glatt!“

Der Lehrerin ist es ein Graus:
„Bitte gehen Sie, Frau Bern!
Man hält es ja im Kopf nicht aus
wie Sie herum helikoptern.“

„Wie können Sie so was nur meinen!
Sie sind blind und übersehen:
Gunther mag älter scheinen,
Aber er ist doch erst fünfzehn!“

Mama und Papa fahren nach Wacken. Ich nehme an, sie befinden sich in der rebellischen Phase.
WACKEN
W:O:A

# SCHLAF-RAP

## CAPITAL BRA: LE LE LE LU

LE LE LE LU
NUR DER BRATAN IS WATCHING YOU
WENN DIE KLEINEN BRABYS CHILLEN
BRA, CHILL AUCH DU

LE LE LE LU
IN DER EINFAHRT STEH'N ZWEI BENZ
GEZAHLT IN BAR, 160K-HA
DRUM MACH IN SOMNOLENZ

LE LE LE LU
DANN BRING ICH TILIDIN
LEIS FLEX ICH'S INS HAUS
HOL NOCH EINEN HAZE-BLUNT
DRAUSSEN GEHT DAS LICHTLEIN AUS

# QUIZ-AUFLÖSUNGEN

1. A *Alle meine Entchen*
2. B *Ikke Hüftgold – Dicke Titten, Kartoffelsalat*
3. A *Alle Vögel sind schon da*
4. B *Die Atzen – Anna nass*
5. A *Bunt sind schon die Wälder*
6. B *Möhre – 20 Zentimeter*
7. A *O du lieber Augustin*
8. B *Mickie Krause – Düp Düp*
9. A *Ein Männlein steht im Walde*
10. A *Auf einem Baum ein Kuckuck saß*
11. B *DJ Düse – Titten raus, es ist Sommer*
12. A *Ram Sam Sam*
13. B *Tobee – Helikopter 117*
14. A *Das Wandern ist des Müllers Lust*
15. A *Hänschen klein*
16. B *Lorenz Büffel – Beate, die Harte*
17. A *Grün, grün, grün sind alle meine Kleider*
18. B *Tim Toupet – Ich bin ein Döner*
19. A *Ich geh' mit meiner Laterne*
20. B *Markus Becker – Das rote Pferd*
21. A *Summ, summ, summ, Bienchen summ herum*
22. A *Hab 'ne Tante aus Marokko*
23. B *Die Draufgänger – Cordula Grün*
24. A *Ringel, Ringel, Reihe*

Dein Bruder spielt ein Instrument?
Ja, die Arschgeige.

Es ist heute so angenehm still hier.
Ich hab die Kinder outgesourced.
LAND SCHULZ

# DIE AUTOREN

**Michael Holtschulte**, Jahrgang 1979, lebt und arbeitet als Cartoonist mit Hund, Sohn und Frau in Essen. Er zeichnet für zahlreiche Zeitungen und Magazine (u. a. *Süddeutsche Zeitung, WAZ, Eulenspiegel, Deadline, Return, Trailer*). Allein bei *Facebook* folgen ihm über 350.000 Fans und erfreuen sich an seinen Cartoons. Er hat eine eigene Bühnenshow, tritt aber auch regelmäßig unter dem Titel „Zwei Stricher packen aus" zusammen mit Oli Hilbring auf, mit dem er auch den gleichnamigen Podcast übers Cartoonzeichnen betreibt. Mehr Infos gibt es auf **www.totaberlustig.de**. Cartoons auf den Seiten: 6, 12, 22, 28, 33, 35, 41, 45, 51, 54, 58, 59, 76, 79, 85 und Texte auf den Seiten: 7, 8, 29, 31, 36, 39, 50, 60, 64, 65, 69, 89, 94, 103.

**Dorthe Landschulz** wurde in Hamburg geboren und studierte in ihrer Heimatstadt und in Paris Illustration. Heute lebt sie in der Bretagne und zeichnet Cartoons u. a. für *Titanic, taz, Eulenspiegel, Tierwelt Schweiz* und seit 2019 wöchentlich für den *Stern*. Sie gewann Preise für ihre Arbeit und hat bereits mehrere Bücher veröffentlicht. Ihre Cartoons sind auch auf ihrer Facebookseite **www.facebook.com/EinTagEinTier** zu sehen. Cartoons auf den Seiten: Titel, 5, 10, 15, 19, 25, 30, 34, 37, 43, 53, 57, 65, 72, 73, 82, 102, 105, 106 und Texte auf den Seiten: 11, 48, 52, 56, 97, 100.

**Denis Metz**, Jahrgang 1974, zeichnet Cartoons. Schon immer. Lebt auf der Nordseeinsel Baltrum und erzählt dort den Lachmöwen dreckige Witze.

Cartoons auf den Seiten: 9, 20, 38, 44, 63, 68, 86, 92, 93, 96, 98, 99, 102, Backcover und Texte auf den Seiten: 26, 32, 46, 55, 74, 77.

Zeichnungen auf Seiten 46-47: Frederik Ferdinand Metz.

# KINDER, KINDER!

ISBN 978-3-8303-3437-8

ISBN 978-3-8303-6410-8

ISBN 978-3-8303-4543-5

**HUMOR ORAKEL**

**Welcher Humortyp bist du? Hier findest du es heraus!**

**Kein Witz!**

**www.humororakel.de**

LAPPAN

LAPPAN

Bücher, die Spaß bringen!

**Fotonachweis:**
S. 8: Ann Precious by Shutterstock.com
S. 59-60: ART PAL by Shutterstock.com
S. 65: Mar1kOFF by Shutterstock.com
S. 92/93: Evgeniya Smirnova
S. 98: flirt by Shutterstock.com
S. 101: YuriyKostin by Shutterstock.com
S. 34/35, 56/57, 70/71, 87/88/89, 90/91, 96/97, 102/103: Aleksandr Artt
S. 7, 26, 31, 31, 62, 87, 95: Andrew Lynchak

**Wir produzieren nachhaltig**
- Klimaneutrales Produkt
- Papiere aus nachhaltigen und kontrollierten Quellen
- Hergestellt in Europa

FSC www.fsc.org
MIX
Papier | Fördert gute Waldnutzung
FSC® C018236

1. Auflage 2023
– Originalausgabe –

ISBN 978-3-8303-6422-1



Texte & Cartoons von: Michael Holtschulte,
Dorthe Landschulz, Denis Metz

Lektorat: Olena Klejman, Jana Legal

Gestaltung | Herstellung: Monika Swirski